따뜻한 마음을 전하는

감사의 마음을 전할 수 있는
오늘 하루가 참 행복합니다.

_____에게

Contents

4

조그만 사랑 노래

— 황동규

어제를 동여맨 편지를 받았다
늘 그대 뒤를 따르던
길 문득 사라지고
길 아닌 것들도 사라지고
여기저기서 어린 날
우리와 놀아주던 돌들이
얼굴을 가리고 박혀 있다
사랑한다 사랑한다, 추위 환한 저녁 하늘에
찬찬히 깨어진 금들이 보인다
성긴 눈 날린다
땅 어디에 내려앉지 못하고
눈뜨고 떨며 한없이 떠다니는
몇 송이 눈

황동규(1938~) 시인, 교수
시　집 : 〈사는 기쁨〉, 〈우연에 기댈 때도 있었다〉, 〈꽃의 고요〉 등
산문집 : 〈삶의 향기 몇 점〉, 〈시가 태어나는 자리〉, 〈젖은 손으로 돌아보라〉 등

감사하다

– 정호승

태풍이 지나간 이른 아침에
길을 걸었다
아름드리 플라타너스 왕벗나무들이
곳곳에 쓰러져 처참했다
그대로 밑둥이 부러지거나
뿌리를 하늘로 드러내고 몸부림치는
나무들의 몸에서
짐승 같은 울음소리가 계속 들려왔다
키 작은 나무들은 쓰러지지 않았다

쥐똥나무는 몇 알
쥐똥만 떨어뜨리고 고요했다
심지어 길가의 풀잎도
지붕 위의 호박넝쿨도 쓰러지지 않고
햇볕에 젖은 몸을 말리고 있었다
나는 그제서야 알 수 있었다
내가 굳이 풀잎같이
작은 인간으로 만들어진 까닭을
그제서야 알고
감사하며 길을 걸었다

정호승(1950~) 시인, 작가
시 집 : 〈외로우니까 사람이다〉, 〈흔들리지 않는 갈대〉, 〈밥값〉 등
산문집 : 〈당신이 없으면 내가 없습니다〉,
        〈울지 말고 꽃을 보라〉, 〈위안〉 등

성탄제

– 김종길

어두운 방안엔
빠알간 숯불이 피고

외로이 늙으신 할머니가
애처로이 잦아드는 어린 목숨을 지키고 계시었다

이윽고 눈 속을
아버지가 약을 가지고 돌아오시었다

아 아버지가 눈을 헤치고 따오신
그 붉은 산수유 열매

나는 한 마리 어린 짐생
젊은 아버지의 서느런 옷자락에
열로 상기한 볼을 말없이 부비는 것이었다

이따금 뒷문을 눈이 치고 있었다
그날 밤이 어쩌면 성탄제의 밤이었을지도 모른다

어느새 나도
그때의 아버지만큼 나이를 먹었다

옛것이라곤 찾아볼 길 없는
성탄제 가까운 도시에는
이제 반가운 그 옛날의 것이 내리는데

서러운 서른 살 나의 이마에
불현듯 아버지의 서느런 옷자락을 느끼는 것은

눈 속에 따오신 산수유 붉은 알알이
아직도 내 혈액 속에 녹아흐르는 까닭일까

김종길(1926~) 시인, 교수
시   집 : 〈솔개〉, 〈해거름 이삭줍기〉, 〈나는 가끔 진해로 간다〉 등
산문집 : 〈내가 만난 영미 작가들〉, 〈시를 어떻게 읽을 것인가〉 등

연탄 한 장

– 안도현

또 다른 말도 많고 많지만
삶이란
나 아닌 그 누구에게
기꺼이 연탄 한 장 되는 것

방구들 선득선득해지는 날부터 이듬해 봄까지
조선팔도 거리에서 제일 아름다운 것은
연탄차가 부릉부릉
힘쓰며 언덕길 오르는 거라네
해야 할 일이 무엇인가를 알고 있다는 듯이
연탄은, 일단 제 몸에 불이 옮겨 붙었다 하면
하염없이 뜨거워지는 것
매일 따스한 밥과 국물 퍼먹으면서도 몰랐네
온몸으로 사랑하고 나면
한 덩이 재로 쓸쓸하게 남는 게 두려워
여태껏 나는 그 누구에게 연탄 한 장도 되지 못하였네

생각하면
삶이란
나를 산산이 으깨는 일
눈 내려 세상이 미끄러운 어느 이른 아침에
나 아닌 그 누가 마음 놓고 걸어갈
그 길을 만들 줄도 몰랐었네, 나는

안도현(1961~) 시인, 작가, 교수

시　집 : 〈간절하게 참 철없이〉, 〈외롭고 높고 쓸쓸한〉, 〈북항〉 등

산문집 : 〈나는 당신입니다〉, 〈백석 평전〉 〈연어〉 등

그대 있음에

– 김남조

그대의 근심 있는 곳에
나를 불러 손잡게 하라
큰 기쁨과 조용한 갈망이
그대 있음에
내 맘에 자라거늘
오, 그리움이여
그대 있음에 내가 있네
나를 불러 손잡게 해

그대의 사랑 문을 열 때
내가 있어 그 빛에 살게 해
사는 것의 외롭고 고단함
그대 있음에
사람의 뜻을 배우니
오, 그리움이여
그대 있음에 내가 있네
나를 불러 그 빛에 살게 해

김남조(1927~) 시인, 교수

시　집 : 〈심장이 아프다〉, 〈영혼과 가슴〉, 〈사랑하라 사랑하라〉 등

산문집 : 〈아름다운 사람들〉, 〈밤이다 우리는 빛이 되어야 한다〉 등

설 야

– 박용래

눈보라가 휘돌아간 밤
얼룩진 벽에
한참이나
맷돌 가는 소리
고산식물처럼
늙으신 어머니가 돌리시던
오리 오리
맷돌 가는 소리

박용래(1925~1980) 시인
시 집 : 〈먼 바다〉, 〈강아지풀〉, 〈일락서산에 개구리 울음〉 등

엄마 걱정

– 기형도

열무 삼십 단을 이고
시장에 간 우리 엄마
안 오시네, 해는 시든 지 오래
나는 찬밥처럼 방에 담겨
아무리 천천히 숙제를 해도
엄마 안 오시네, 배추잎 같은 발소리 타박타박
안 들리네, 어둡고 무서워
금간 창틈으로 고요히 빗소리
빈 방에 혼자 엎드려 훌쩍거리던

아주 먼 옛날
지금도 내 눈시울을 뜨겁게 하는
그 시절, 내 유년의 윗목

기형도(1960~1989) 시인, 기자
시　집 : 〈입 속의 검은 잎〉, 〈사랑을 잃고 나는 쓰네〉
산문집 : 〈짧은 여행의 기록〉 등

가 객

– 정현종

세월은 가고
세상은 더 헐벗으니
나는 노래를 불러야지
새들이 아직 하늘을 날 때

아이들이 자라고
어른들은 늙어가니
나는 노래를 불러야지
사람들의 목소리가 들리는 동안

무슨 터질 듯한 입장이 있겠느냐
항상 빗나가는 구실
무슨 거창한 목표가 있겠느냐
나는 그냥 노래를 부를 뿐
사람들이 서로 미워하는 동안

나그네 흐를 길은
이런 거지 저런 거지 같이 가는 길
어느 길목이나 나무들은 서서
바람의 길잡이가 되고 있는데
나는 노래를 불러야지
사람들이 걸신을 섬기는 동안

하늘의 눈동자도 늘 보이고
땅의 눈동자도 보이니
나는 내 노래를 불러야지
우리가 여기 살고 있는 동안

정현종(1939~) 시인, 교수
시　집 : 〈견딜 수 없네〉, 〈광휘의 속삭임〉, 〈한 꽃송이〉 등
산문집 : 〈날아라 버스야〉, 〈생명의 황홀〉, 〈사람들 사이에 섬이 있다〉 등

당신 앞에 앉으면

– 도종환

나의 마음이 어지러운 물살로 흔들릴 때

당신은 나를 불러주십니다

당신이 정녕 어디에 있을까 찾아 헤맬 때

당신은 나를 가까이 오라 부르십니다

억새풀 하나 당신 앞에 옮겨 놓고 오랜 날 지나 있어도

빗줄기를 불러모아 그 억새풀과 함께 얼어붙으며

당신께 드린 것은 풀 하나 버리지 않는

그 속에 당신 마음이 있음을 보여주십니다

겨울 하늘 붉은 노을로 내려와

이것이 아직도 타고 있는 당신 마음임을 보여주십니다

내가 당신 가까이 마주 와 앉아야

비로소 솔바람소리로 가만가만 제게 오시고

못 보던 새 한 마리 가까이 있게 하여

당신의 소리를 알려주십니다

당신 앞에 앉으면 온갖 어지러운 유혹과 사치스런 삶들이

한낱 짧은 연기에 지나지 않음을 알게 하시고

저렇게 다 버리고도 죽지 않은 겨울나무 속에서

홀로 가는 길 서러우나 외롭지 않음을 깨우치십니다

슬픔 하나가 마음을 얼마나 깨끗이 닦아내는지

알게 하십니다

도종환(1954~) 시인, 국회의원
시 집 : 〈접시꽃 당신〉, 〈흔들리며 피는 꽃〉, 〈담쟁이〉 등
산문집 : 〈너 없이 어찌 내게 향기가 있으랴〉, 〈사람은 누구나 꽃이다〉 등

참된 친구

- 신달자

나의 노트에
너의 이름을 쓴다

'참된 친구'
이것이 너의 이름이다

이건 내가 지은 이름이지만
내가 지은 이름만은 아니다
너를 처음 볼 때
이 이름의 주인이 너라는 것을
나는 알았다

지금 나는 혼자가 아니다
손수건 하나를 사도
'나의 것' 이라 하지 않고
'우리의 것' 이라 말하며 산다

세상에 좋은 일만 있으라
너의 활짝 핀 웃음을 보게
세상엔 아름다운 일만 있으라

'참된 친구'
이것이 너의 이름이다

넘어지는 일이 있어도
울고 싶은 일이 일어나도
마음처럼 말을 못하는
바보 마음을 알아주는
참된 친구 있으니
내 옆은 이제 허전하지 않으리

너의 깨끗한 손을 다오
너의 손에도
참된 친구라고 쓰고 싶다.
그리고 나도 참된 친구로
다시 태어나고 싶다

신달자(1943~) 시인, 교수
시　집 : 〈살 흐르다〉, 〈너를 위한 노래〉, 〈아버지의 빛〉 등
산문집 : 〈엄마와 딸〉, 〈여자를 위한 인생〉, 〈미안해 고마워 사랑해〉 등

바느질하는 손

- 황금찬

자정이 넘은 시각에도 아내는
바느질을 하고 있다
장난과 트집으로 때묻은 어린놈이
아내의 무릎 옆에서 잠자고 있다

손마디가 굵은 아내의 손은
얼음처럼 차다
한평생 살면서 위로를 모르는 내가
오늘따라 면경을 본다

겹실을 꿴 긴 바늘이 아내의 손끝에선
사랑이 되고
때꾸러기의 뚫어진 바지 구멍을
아내는 그 사랑으로 메우고 있다

아내의 사랑으로 어린놈은 크고
어린놈이 자라면 아내는 늙는다

내일도 날인데 그만 자지,
아내는 대답 대신
쓸쓸히 웃는다

밤이 깊어질수록 촉광이 밝고
촉광이 밝을수록
아내의 눈가에 잔주름이
더 많아진다

황금찬(1918~) 시인, 교사
시 집 : 〈어머님의 아리랑〉, 〈느티나무와 추억〉, 〈어느 해후〉 등
산문집 : 〈나는 어느 호수의 어족인가〉, 〈돌아오지 않는 시간의 저편〉 등

어머니의 눈물

– 박목월

회초리를 들긴 하셨지만
차마 종아리를 때리시진 못하고

내려 보시는 당신 눈에
글썽거리는 눈물

와락 울며 어머니께 용서를 빌면
꼭 껴안으시던

가슴이 으스러지도록
너무나 힘찬 당신의 포옹

바른 길 곧게 걸어가리라
울며 뉘우치며 다짐했지만

또다시 당신을 울리게 하는
어머니 눈에 채찍보다 두려운 눈물

두 줄기 볼에 아롱지는
흔들리는 불빛

이슬이

박목월(1916~1978) 시인, 교수
시 집 : 〈구름에 달 가듯이 가는 나그네〉, 〈산이 날 에워싸고〉, 〈눈이 큰 아이〉 등
산문집 : 〈밤에 쓴 인생론〉, 〈평생을 나는 서서 살았다〉, 〈아버지와 아들〉 등

물소리를 듣다

– 나희덕

아비 어미가 싸운 것도 모르고
큰애가 자다 일어나 눈 비비며 화장실 간다

뒤척이던 그가
돌아누운 등을 향해 말한다

…당신… 자……?
저 소리 좀 들어봐… 녀석 오줌 누는 소리 좀
들어봐… 기운차고… 오래 누고……
저렇도록 당신이 키웠잖아… 당신이……

30

등과 등 사이를 흘러가는 물소리를
이렇게 듣기도 한다

담이 걸린 것처럼
왼쪽 어깨가 오른쪽 어깨를 낯설어할 때
어둠이 좀처럼 지나가 주지 않을 때
새벽녘 아이 오줌 누는 소리에라도 기대어
보이지 않는 강을 건너야 할 때

나희덕(1966~) 시인, 교수
시 집 : 〈말들이 돌아오는 시간〉, 〈뿌리에게〉, 〈그곳이 멀지 않다〉 등
산문집 : 〈저 불빛들을 기억해〉, 〈보랏빛은 어디에서 오는가〉 등

아내

– 나태주

이 지푸라기 머리칼을
언제 또 쓰다듬어 주나?

짧은 속눈썹의 이 여자 고요한 눈을
언제 또 들여다 보나?

작아서 귀여운 코
조금쯤 위로 들려 올라간 입술

이 지푸라기 머리칼을 가진 여자를
어디 가서 다시 만나나?

나태주(1945~) 시인, 교사
시 집 : 〈돌아오는 길〉, 〈멀리서 빈다〉, 〈풀꽃〉, 〈자전거를 타고 가다〉 등
산문집 : 〈날마다 이 세상 첫날처럼〉, 〈사랑은 언제나 서툴다〉 등

나의 가난은

– 천상병

오늘 아침 다소 행복하다고 생각는 것은
한 잔 커피와 갑 속의 두둑한 담배,
해장을 하고도 버스값이 남았다는 것

오늘 아침을 다소 서럽다고 생각는 것은
잔돈 몇 푼에 조금도 부족이 없어도
내일 아침 일도 걱정해야 하기 때문이다

가난은 내 직업이지만
비쳐오는 이 햇빛에 떳떳할 수가 있는 것은
이 햇빛에도 예금통장은 없을 테니까⋯⋯

나의 과거와 미래
사랑하는 내 아들딸들아,
내 무덤가 무성한 풀섶으로 때론 와서
괴로웠을 그런대로 산 인생 여기 잠들다, 라고
씽씽 바람 불어라⋯⋯

천상병(1930~1993) 시인
시　집 : 〈귀천〉, 〈주막에서〉, 〈나 하늘로 돌아가리라〉 등
산문집 : 〈괜찮다 괜찮다 괜찮다〉, 〈도적놈 셋이서〉 등

산 양

— 이건청

아버지의 등 뒤에 벼랑이 보인다. 아니, 아버지는
안 보이고 벼랑만 보인다. 요즘엔 선연히 보인다.
옛날, 나는 아버지가 산인 줄 알았다. 차령산맥이
거나 낭림산맥인 줄 알았다. 장대한 능선들 모두가
아버지인줄만 알았다. 그때 나는 생각했었다. 푸른
이끼를 스쳐간 그 산의 물이 흐르고 흘러, 바다에
닿는 것이라고, 수평선에 해가 뜨고 하늘도 열리는
것이라고. 그때 나는 뒷짐 지고 아버지 뒤를 따라갔
었다. 아버지가 아들인 내가 밟아야 할 비탈들을 앞
장서 가시면서 당신 몸으로 끌어안아 들이고 있는
걸 몰랐다. 아들의 비탈들을 모두 끌어안은 채, 까
마득한 벼랑으로 기고 계신 걸 나는 몰랐었다.

나 이제 늙은 짐승 되어 힘겨운 벼랑에 서서 뒤 돌
아 보니 뒷짐 지고 내 뒤를 따르는 낯익은 얼굴 하
나 보인다. 아버지의 이름으로 쫓기고 쫓겨 까마득
한 벼랑으로 접어드는 내 뒤에 또 한 마리 산양이 보
인다. 겨우겨우 벼랑 하나 발 딛고 선 내 뒤를 따르
는 초식 동물 한 마리가 보인다.

이건청(1947~) 시인, 교수
시 집 : 〈굴참나무 숲에서〉, 〈푸른 말들에 관한 기억〉, 〈움직이는 산〉 등
산문집 : 〈윤동주〉, 〈해방 후 한국 시인 연구〉, 〈초월의 양식〉 등

내 늙은 아내

- 서정주

내 늙은 아내는 아침저녁으로
내 담배 재떨이를 부시어다 주는데,
내가
"야 이건 양귀비 얼굴보다 곱네,
양귀비 얼굴엔 분때라도 묻었을 텐데?"
하면,
꼭 대여섯 살 먹은 계집아이처럼
좋아라고 소리쳐 웃는다
그래 나는 천국이나 극락에 가더라도
그녀와 함께 가볼 생각이다

서정주(1915~2000) 시인, 교수
시 집 : 〈국화 옆에서〉, 〈화사집〉 〈늙은 떠돌이의 시〉, 〈질마재로 돌아가다〉 등
산문집 : 〈육자배기 가락에 타는 진달래〉, 〈쑥국새 이야기〉, 〈태교를 위한 수필〉 등

호 수

– 정지용

얼굴 하나야
손바닥 둘로
폭 가리지만

보고 싶은 마음
호수만 하니
눈 감을 밖에

정지용(1902~1950) 시인, 교수
시 집 : 〈향수〉 〈그곳이 참하 꿈엔들 잊힐리야〉 〈백록담〉 등
산문집 : 〈꾀꼬리와 국화〉 〈달과 자유〉 등

남편

- 문정희

아버지도 아니고 오빠도 아닌
아버지와 오빠 사이의 촌수쯤 되는 남자
내게 잠 못 이루는 연애가 생기면
제일 먼저 의논하고 물어보고 싶다가도
아차, 다 되어도 이것만은 안 되지 하고
돌아누워 버리는
세상에서 제일 가깝고 제일 먼 남자
이 무슨 원수인가 싶을 때도 있지만
지구를 다 돌아다녀도
내가 낳은 새끼들을 제일로 사랑하는 남자는
이 남자일 것 같아
다시금 오늘도 저녁을 짓는다
그러고 보니 밥을 나와 함께
가장 많이 먹는 남자
전쟁을 가장 많이 가르쳐준 남자

문정희(1947~) 시인, 교수

시　집 : 〈응〉, 〈한계령을 위한 연가〉, 〈찔레〉, 〈다산의처녀〉 등
산문집 : 〈문학의 도끼로 내 삶을 깨워라〉, 〈사포의 첫사랑〉 등

아버지의 마음

– 김현승

바쁜 사람들도
군센 사람들도
바람과 같던 사람들도
집에 돌아오면 아버지가 된다

어린 것들을 위하여
난로에 불을 피우고
그네에 작은 못을 박는 아버지가 된다

저녁 바람에 문을 닫고
낙엽을 줍는 아버지가 된다

세상이 시끄러우면
줄에 앉은 참새의 마음으로
아버지는 어린 것들의 앞날을 생각한다.
어린 것들은 아버지의 나라다 아버지의 동포다.

아버지의 눈에는 눈물이 보이지 않으나
아버지가 마시는 술에는 항상
보이지 않는 눈물이 절반이다
아버지는 가장 외로운 사람이다
아버지는 비록 영웅이 될 수도 있지만……

폭탄을 만드는 사람도
감옥을 지키던 사람도
술가게의 문을 닫는 사람도

집에 돌아오면 아버지가 된다.
아버지의 때는 항상 씻김을 받는다.
어린 것들이 간직한 그 깨끗한 피로……

김현승(1913~1975) 시인, 교수
시 집 : 〈가을의 기도〉, 〈소녀가 먼지처럼 자는 동안〉, 〈마지막 지상에서〉 등
산문집 : 〈가을에는 기도하게 하소서〉 등

갈 등

– 김광림

빚 탄로가 난 아내를 데불고
고속버스
온천으로 간다
십팔 년 만에 새삼 돌아보는 아내
수척한 강산이여

그동안
내 자식들을
등꽃처럼 매달아 놓고
배배 꼬인 줄기
까칠한 아내여

헤어지자고
나선 마음 위에
덩굴처럼 얽혀드는
아내의 손발
싸늘한 인연이여

허탕을 치며
바라보라고
하늘이 저기 걸려 있다

그대 이 세상에 왜 왔지
빚 갚으러

김광림(1929~) 시인, 교수
시　집 : 〈상심하는 접목〉, 〈갈등〉, 〈대낮의 등불〉, 〈앓는 사내〉 등
평론집 : 〈존재에의 향수〉, 〈오늘의 시학〉, 〈아이러니의 시학〉 등

그림·캘리그라피 이 문

캘리그라피와 일러스트 전문 작가인 이문은 文, 이상의 文을 꿈꾸며 글씨와 그림의 경계를 허물고 마치 등푸른
물고기가 바다에서 노닐 듯 자유롭게 자신만의 세계를 표현한다. 대표작으로는 KT&G 에쎄 '순', KBS TV타이틀
'책읽는 밤' 등이 있다. 자신의 묵향이 여백에 물처럼 번지듯 사람들 마음에 자리잡길 바라는 정성으로 오늘도
붓 끝에 생동하는 진심을 담는다.

따뜻한 마음을 전하는

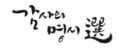

발행일 2014년 11월 20일 초판 1쇄 발행

발행인 이종업

발행처 한국표준협회미디어

출판등록 2004년 12월 23일(제2009-26호)

주소 서울 금천구 가산디지털1로 145
에이스하이엔드타워3차 11층

전화 (02)2624-0360

팩스 (02)2624-0369

이메일 book@ksamedia.co.kr

ISBN 978-89-92264-76-1 03800

정가 3,500원